EL DUENDE VERDE

ANAYA

Para la explotación en el aula de este libro, existe un material con sugerencias didácticas y actividades que está a disposición del profesorado en nuestra web.

Juan Ignacio Luca de Tena, 15. 28027 Madrid
www.anayainfantilyjuvenil.com
e-mail: anayainfantilyjuvenil@anaya.es

1.ª ed., abril 1996; 2.ª ed., corregida, febrero 1998
3.ª impr., mayo 1999; 4.ª impr., diciembre 1999
5.ª impr., octubre 2000; 6.ª impr., septiembre 2001
7.ª impr., noviembre 2002; 8.ª impr., febrero 2005
9.ª impr., octubre 2006; 10.ª impr., mayo 2007
11.ª impr., abril 2009; 12.ª impr., junio 2010
13.ª impr., noviembre 2013; 14.ª impr., abril 2015

Diseño: Taller Universo

ISBN: 978-84-207-6969-1
Depósito legal: S. 634/2010

Impreso en España - Printed in Spain

EL DUENDE VERDE

José María Merino

EL CUADERNO DE HOJAS BLANCAS

Ilustraciones del autor

QUERIDO LECTOR

Norma Sturniolo, que es la directora de esta colección, me invitó bastantes veces a escribir un libro para la gente como tú, que está empezando a leer.

Yo no sabía si sería capaz de hacerlo, pero tanto me animó ella, que al fin lo he escrito: es este mismo que tienes en las manos.

En él he contado lo difícil que le resulta leer y escribir a un niño que se llama Santi, un niño que se entretiene dibujando en un cuaderno de hojas blancas.

De todo lo que le pasa, te podrás enterar cuando lo leas. Ojalá te guste.

uno

A Santi le cuesta mucho leer y escribir.

Casi nunca le da tiempo a terminar los ejercicios en el colegio, y debe acabarlos en su casa.

Por eso cada día, después de merendar, Santi tiene que copiar en su cuaderno de escritura las letras, los números y las frases que no pudo hacer en el colegio.

Sus padres le han puesto a Santi, en su habitación, un pupitre para escribir y guardar los lapiceros y las gomas.

Santi guarda también en el pupitre todas las cosas que nacesita para su tarea.

Pero a la hora de acabar sus ejercicios en el cuaderno de escritura, Santi no se sienta en el pupitre. Prefiere meterse debajo de la mesa del comedor.

Desde que era muy pequeño,
a Santi le ha gustado meterse debajo
de la mesa del comedor, para jugar
él solo a imaginar que está dentro
de una cueva del bosque,
de una nave espacial o
de un submarino.

dos

Hoy, Santi tiene que terminar cuatro páginas del cuaderno de escritura.

Ya ha repasado con el lápiz las líneas de puntos de los dibujos. También ha copiado las letras mayúsculas y minúsculas.

Le falta lo más difícil: escribir las frases.

Hay una frase en cada una de las páginas, y cada frase tiene que repetirse cuatro veces. La primera frase dice:

El sol brilla sobre las montañas.

Santi relee la frase con atención:

El sol brilla
sobre
las motañas.

Mientras empieza a copiarla,
Santi piensa en el sol brillando,
por la tarde, sobre las montañas
del pueblo de sus abuelos, donde
él pasa temporadas,
en las navidades
y en verano.

tres

La palabra **sol** le parece a Santi que podría ser el propio sol. Bastaría con escribir SOL, con mayúsculas, y poner unas **íes,** también mayúsculas, pero sin puntito, encima y debajo de la **o.** Como si fuesen rayos. Así:

Con la **m** de la palabra «montaña» podría dibujarse también la imagen de las montañas del pueblo de sus abuelos:

Mientras piensa en esas cosas, Santi va copiando la frase.

Al fin consigue terminar la página,
aunque ha tenido que borrar y repetir
algunas palabras que
no le salían
bien.

cuatro

—De modo que estabas ahí —dice la madre de Santi, mirando debajo de la mesa.

Santi, sorprendido, no contesta.

—¿Quieres decirme para qué te hemos regalado un pupitre tan bonito? —le pregunta su madre a Santi.

—Me gusta más estar aquí, mamá —responde Santi.

—Ahí, ni se puede ver, ni se puede escribir. Sal inmediatamente y vete a tu habitación —le ordena su madre, un poco enfadada.

De mala gana, Santi obedece a su madre. Va a su cuarto y, sentado ya en su pupitre, lee la siguiente frase:

Los peces nadan en el río.

Santi vuelve a leer la frase muy despacio:

Los peces nadan
en el río.

Santi piensa que también cerca
de la casa de sus abuelos pasa un río.
En ese río hay unos peces que
se llaman truchas, que tienen
el cuerpo de color verdoso,
con pintitas de
colores.

cinco

La verdad es que la palabra **río** suena un poco como el agua del río. La palabra **río** se podría escribir alargando mucho el rabito de la **i,** para que pareciese una corriente de agua.

Santi abre su cuaderno de hojas blancas y escribe **río** tal como lo ha imaginado:

Luego piensa que también se podría dibujar un río sólo con **eses** mayúsculas, y lo hace:

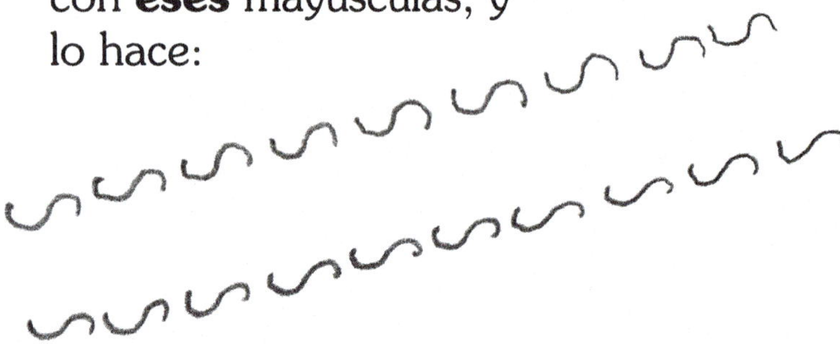

Lo hace así porque el agua, mientras corre bajando de las montañas, se va ondulando siempre un poco, como si estuviese llena de **eses**.

Todavía queda mejor si se ponen las **eses** unidas unas a otras.

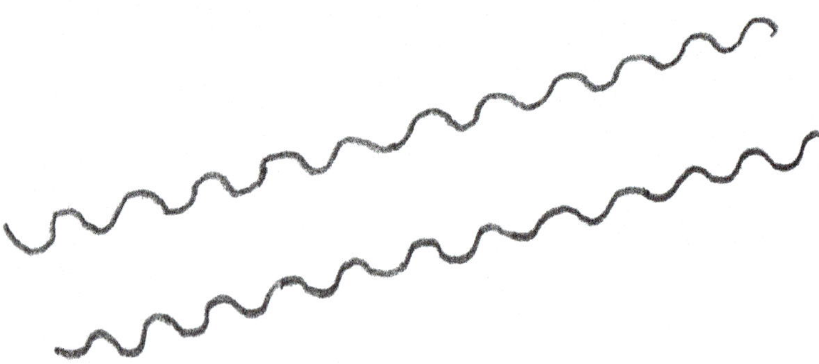

¿Y la palabra **peces?**

En vacaciones, el abuelo le dibuja a Santi tres peces, empezando con una **y** mayúscula. Primero dibuja la **y** mayúscula:

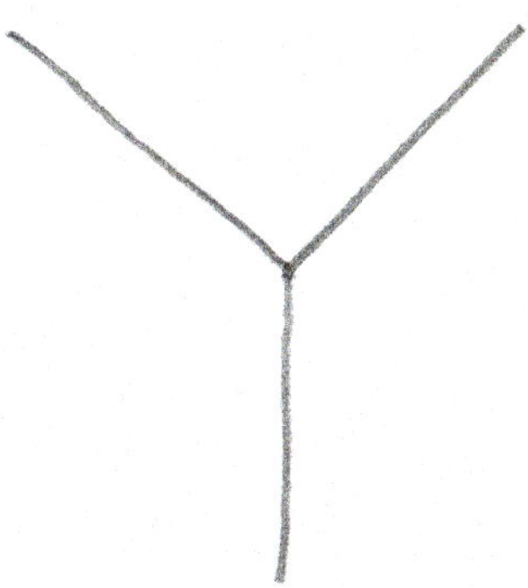

Luego, completa cada uno de los palos de la **y** mayúscula para hacer una **d** mayúscula, finita y alargada. Así:

El abuelo dice: «Ahí tienes una hélice». «¿Y los peces? —pregunta Santi—. ¿Dónde están los peces?» Entonces, el abuelo termina el dibujo:

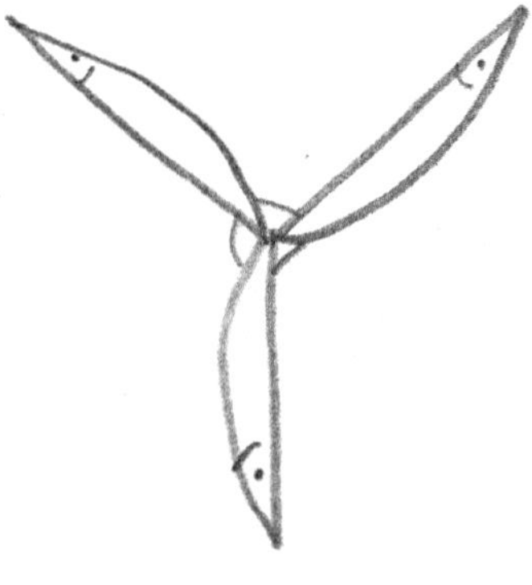

siete

También dice el abuelo de Santi que con una **d** mayúscula finita y alargada se puede hacer un pez. Con un puntito se dibuja el ojo del pez. Una **c** minúscula hace de agalla. De cola, se pone un triángulo pequeñito.

El pez puede tener el lomo plano:

También puede hacerse con el lomo redondeado:

Pero si ponemos dos **des** mayúsculas finitas y alargadas juntas, como en el dibujo que sigue, nos queda un pez diferente. Podemos oscurecerle la parte del lomo.

¡Parece un atún!

Esto en vacaciones, claro, cuando uno no tiene que pasarse las tardes copiando en el cuaderno de escritura.

ocho

Recordando a su abuelo, Santi, en el cuaderno de hojas blancas, dibuja un río, y sobre el río un puente como el del pueblo de sus abuelos.

El abuelo de Santi dice que ese puente lo hicieron los romanos, una gente que hubo allí cientos y cientos de años antes de que ellos naciesen.

Escribiendo la palabra **puente,** con mayúsculas, **PUENTE,** Santi imagina que es como si él pusiese también las piedras con que está hecho el puente del río del pueblo de sus abuelos.

Y después de pintar el río y el puente que sirve para cruzarlo, Santi pinta unos peces en el agua:

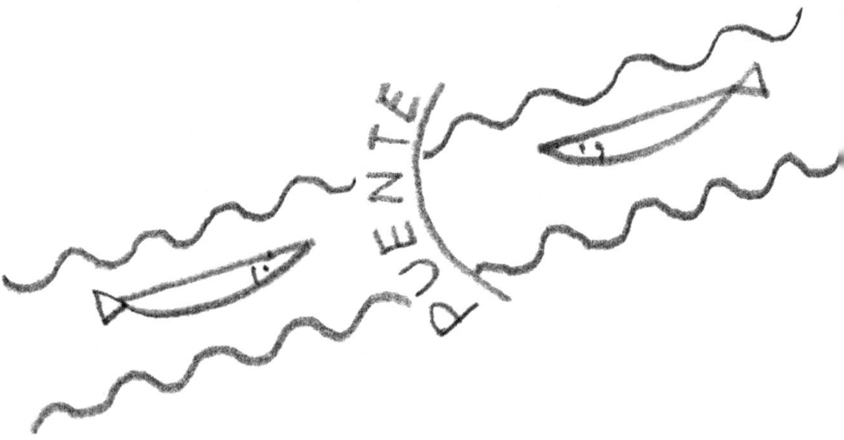

nueve

Pensando en el pueblo de sus abuelos, Santi recuerda que, al otro lado del río, hay una casa deshabitada, rodeada de pinos.

Con una **a** mayúscula, puede uno dibujar una casa, parecida a aquélla.

Se le puede poner de puerta una **u** mayúscula, al revés, y de ventanas dos **oes** mayúsculas un poco alargadas.

También se puede rodear la casa de pinos. Los pinos se pueden hacer con **aes** mayúsculas puestas encima de **tes** mayúsculas. Así:

diez

De repente, Santi se da cuenta de que aún no ha terminado de copiar la frase, y se pone a hacerlo.

La madre de Santi asoma la cabeza tras la hoja de la puerta.

—¿Has terminado ya? —le pregunta—. Tienes que ducharte.

—Todavía no —responde Santi.

Su madre ha entrado en la habitación y le acaricia la cabeza.

—¡Pobre hijo! —exclama—. ¡Cuánta tarea!

—Todavía me falta copiar dos frases

—dice Santi, poniendo cara de resignación.

—No te distraigas —le advierte su madre, antes de salir—. Tienes que ducharte y cenar, y ya es bastante tarde.

once

Los árboles están cargados
de fruta.

Así dice la frase siguiente. A Santi, la frase le interesa mucho.

Los árboles
están cargados
de fruta.

Santi piensa otra vez en la casa de sus abuelos.

Detrás de la casa, sus abuelos tienen una huerta con árboles frutales. Hay muchos manzanos, perales y ciruelos.

Al escribir la palabra **árboles** y la palabra **fruta,** Santi imagina un árbol cargado de manzanas, y otro de peras, y otro de ciruelas. Santi descubre que también esas palabras parecen cargadas de fruta:

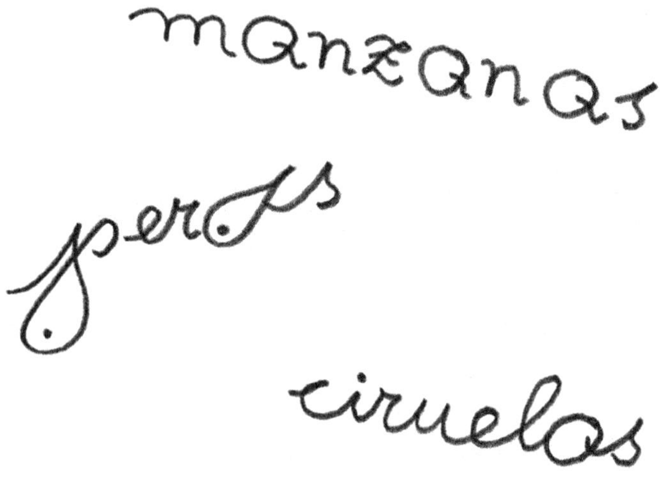

Santi imagina los árboles que producen manzanas, peras y ciruelas. Los nombres de las frutas formarían la copa del árbol, y el tronco se podría hacer con una **y** mayúscula:

¡El tronco también se podría hacer con la **T** de **TRONCO!**

doce

En el huerto de los abuelos hay también un cerezo.

A la abuela de Santi, cuando cogen del árbol la fruta madura, le gusta adornar sus orejas y las de su nieto con un par de cerezas cada una, como si fuesen pendientes.

Santi descubre que, con una **uve** mayúscula escrita al revés y con dos **oes,** se pueden dibujar las cerezas.

Dos pares serían para las orejas de la abuela, y los otros dos pares, para las suyas:

dos pares
para la abuela

dos pares
para Santi

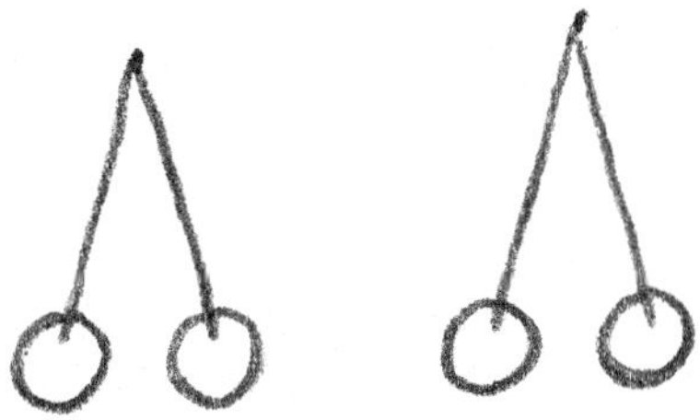

Santi termina de copiar por última vez:

Los árboles están cargados
de fruta.

y su madre viene a buscarlo
para llevarle a la
ducha.

trece

—No he terminado todavía —protesta Santi.

—Ya es muy tarde, Santiago —dice la madre—. Mañana lo terminarás.

—Pero la señorita me dijo que mañana tenía que enseñárselo todo hecho.

—Vamos, campeón —dice el padre de Santi, que acaba de llegar a casa—. Hay que obedecer a mamá.

—Pero la señorita me va a reñir.

Sus padres no le hacen caso.

—A la ducha, campeón —insiste su padre.

Santi se siente bastante fastidiado. Piensa que él no es campeón de nada y que, encima, al día siguiente va a ir al colegio sin haber terminado los deberes.

Así dice la frase que le queda por copiar:

Vava y Bibi viven en la casa del valle.

Santi suspira, cierra el cuaderno de escritura, lo guarda en el pupitre con las cosas de escribir y hace lo que le mandan sus padres.

catorce

Después de la ducha y la cena, los padres de Santi le obligan a acostarse.

—Ahora, a dormir. No quiero que mañana estés cansado —dice la madre de Santi tras arroparlo y darle un beso.

En la cama, con los ojos cerrados, Santi intenta imaginar alguna aventura, pero no puede dejar de pensar en su tarea a medio hacer. Por fin, se queda dormido.

En medio de la noche, Santi se despierta con sobresalto. Ha recordado que no terminó la tarea pendiente de su cuaderno de escritura.

La profesora ya le ha llamado la atención algunas veces, y eso a Santi le da mucha vergüenza.

Santi se levanta y se calza las zapatillas. Busca en el pupitre la carpeta con el cuaderno de escritura y el de hojas blancas, el lápiz, la goma y un afilapuntas, y también una linterna que le regaló su tía Felisa.

Es una linterna pequeñita, como la que la tía Felisa usa para mirarle la garganta cuando tiene anginas.

A la luz de la linterna, Santi se va al comedor.

La casa está oscura y silenciosa.
Santi escucha la respiración
de sus padres, dormidos
en su habitación.

quince

Santi vuelve a leer la frase que le queda por copiar:

Vava y Bibi
viven
en la casa
del valle.

Santi se pone a copiarla

Santi piensa en Vava y Bibi. ¿Quiénes pueden ser? El dibujo del cuaderno, en esa página, solamente representa una casita con una tapia. Por encima de la tapia asoman las copas de dos árboles.

¿Quién puede ser Vava? ¿Una niña? ¿Y Bibi? ¿Un niño? ¿Acaso se trata de animales?

Si Vava y Bibi son un niño y una niña, ¿qué edad tendrán? ¿Estarán también aprendiendo a leer y a escribir?

Si son animales, y viven en una casa, deben ser animales domésticos. ¿Serán
un gato y un perro? ¿Serán
un canario y un jilguero?
A lo mejor son
dos peces de
pecera.

dieciséis

Santi está muy intrigado con los nombres de Vava y Bibi.

En su cuaderno de hojas blancas, donde ha dibujado el paisaje del pueblo de sus abuelos, dibuja una casa con un rectángulo y un triángulo:

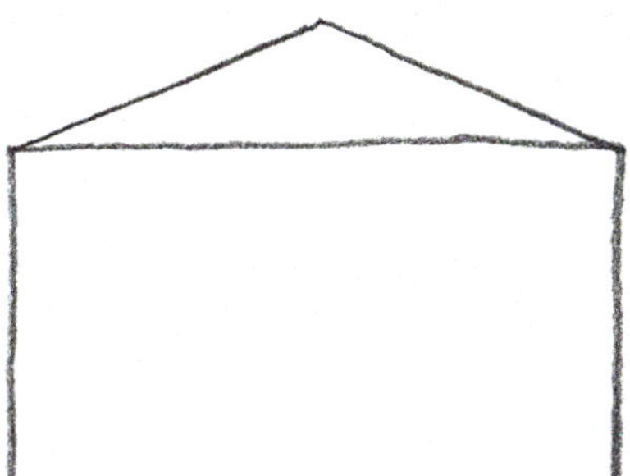

Luego imagina que dentro están Vava y Bibi, pero sólo en forma de nombres:

Por fin, Santi decide que Vava es un niño y Bibi una niña. Imagina que el niño se llama Ubaldo, como el vecino de un primo suyo. También imagina que la niña se llama Victoria, como la hija de una amiga de su madre. Y que a Ubaldo le llaman Vava y a Victoria, Bibi.

Y por fin los dibuja. Como dos monigotes. Así:

diecisiete

¡Y los monigotes empiezan a hablar!

—¿Cómo te llamas tú? —preguntan a Santi—. ¿Cómo te llamas?

—Santiago —responde él, muy extrañado—. Pero me llaman Santi.

Entonces, Santi se da cuenta de que no está en su casa, debajo de la mesa del comedor, sino en una gran extensión blanca y vacía.

¡Está metido en el cuaderno de hojas blancas!

—¿Qué es eso que tienes en la mano? —pregunta Vava.

—Un lapicero —responde Santi.

—¿Qué es un lapicero? —pregunta Bibi.

—Una cosa que sirve para escribir y dibujar —dice Santi, admirado de que aquellos monigotes sean tan ignorantes.

—Dibuja cosas, anda —pide Bibi.

Santi piensa un poco y luego empieza a completar el dibujo de la casa.

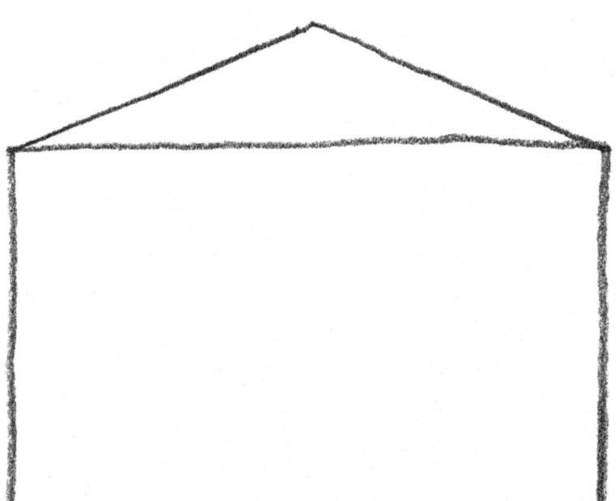

dieciocho

Primero hace un piso en la parte de arriba, y una escalera para poder subir y bajar.

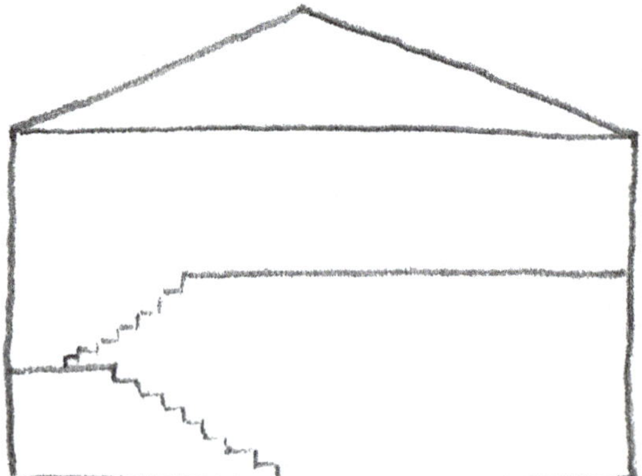

Luego, con una **i** mayúscula, sin punto, tumbada encima de una **eme** mayúscula, dibuja una mesa.

También dibuja dos sillas, que son **haches** mayúsculas, cada una con una **u** mayúscula puesta del revés, para que sirva de respaldo.

En el piso de arriba hace dos camas, con **haches** mayúsculas que tienen el palo central muy alargado, y les pone a cada una una **o,** para que tengan almohada, y entre ellas coloca una mesita, que es una **k** mayúscula tumbada.

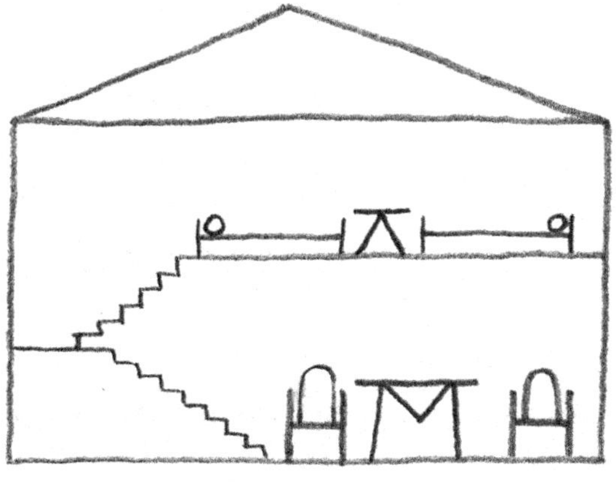

—¡Qué bien! —exclaman Bibi y Vava.

—Es muy fácil —dice Santi, orgulloso de lo mucho que sabe él si se compara con los dos monigotes.

Entonces decide enseñarles algo de lo que él sabe, y dibuja un lápiz para cada uno. Así, también ellos podrán dibujar.

El lápiz lo dibuja con una **o,** dos **íes** mayúsculas alargadas y una **uve** mayúscula. Uno de los puntitos de la **i** lo pone en el centro de la **o,** para que parezca la mina del lápiz:

diecinueve

Santi empieza a enseñarles las letras a Vava y Bibi. Un rato más tarde, la casa está llena de cosas. Con algunas letras han hecho platos, vasos, tazas, cucharas, cuchillos, tenedores

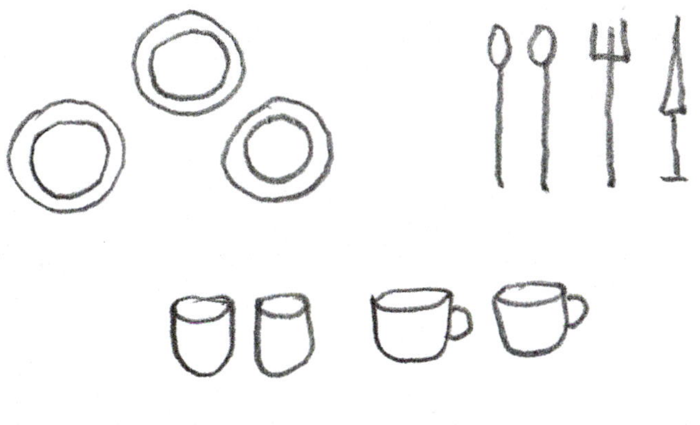

y un florero:

Santi les ha enseñado también a pintar un retrato, con un **6** y un **4:**

Pero Santi se da cuenta de que se debe de estar haciendo tardísimo y todavía no ha terminado su tarea.

—Me tengo que marchar —dice.

—No te vayas —le piden Vava y Bibi—. Por favor, Santi, no te vayas, quédate con nosotros.

—De verdad que me tengo que ir —dice Santi—. Ya seguiremos jugando otro día. ¿Dónde está la puerta?

veinte

—¿La puerta? —preguntan los monigotes—. ¿Qué es la puerta?

Santi comprende entonces que la casa no tiene puerta, pero con su lapicero dibuja una

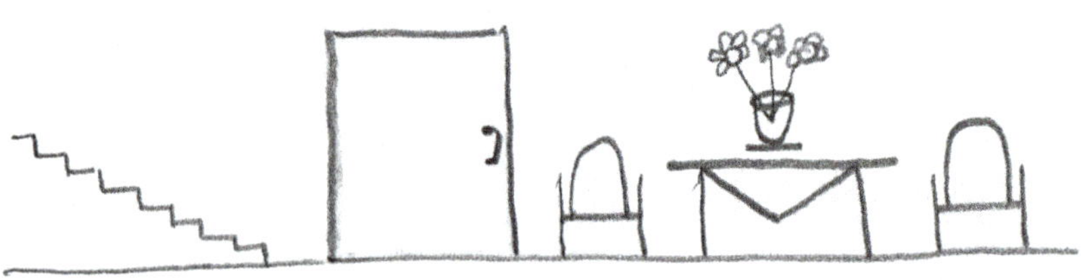

y, abriéndola, sale de la casa.

Santi se encuentra entonces ante la tapia, que tampoco tiene puerta.

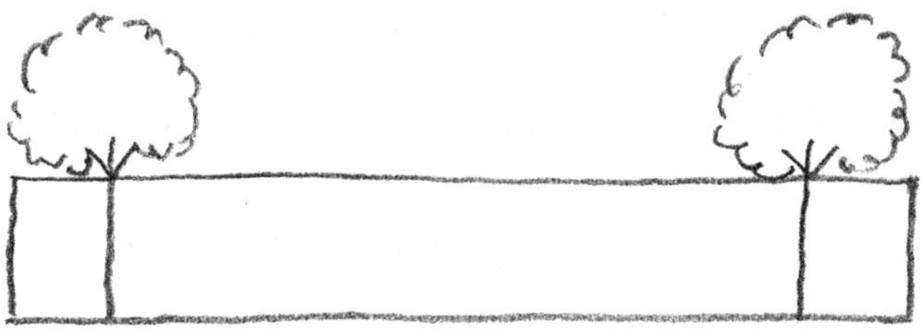

Santi dibuja una puerta en la tapia

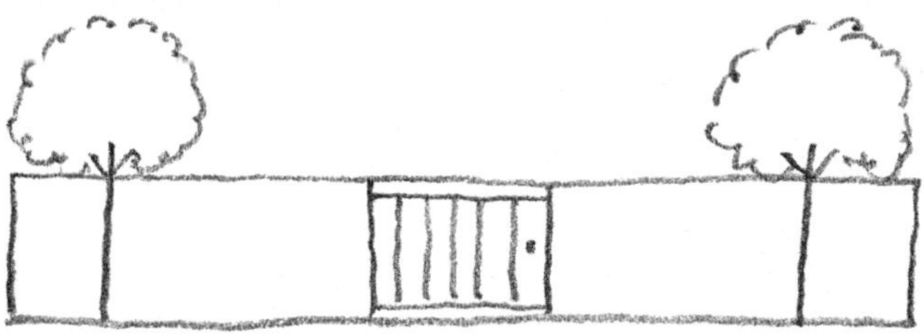

y sale al exterior.

Sin embargo, no se encuentra en su casa, sino en el paisaje de su cuaderno de hojas blancas, al otro lado del río.

Como es de noche, el cielo está completamente lleno de estrellas.

veintiuno

Santi, sin saber qué hacer, echa a andar y cruza el puente, siguiendo el camino. Pero, como casi no se ve, pronto se pierde dentro de un bosque de pinos.

Entre la oscuridad, Santi ve de pronto unos brillos, como de ojos extraños que le miran:

Santi piensa que puede tratarse de animales. ¡Quizá de animales salvajes y peligrosos!

veintidós

¡Quién sabe si, entre ellos, hay también alguno de esos ogros de los cuentos, que tanto miedo le daban cuando era más pequeño!

Un poco asustado, Santi sigue andando sin parar. Se cansa mucho, pero no se atreve a detenerse. Por fin, cuando empieza a asomar el sol sobre las montañas,

dibuja una piedra

y se sienta sobre ella para descansar.
Intenta también imaginar cómo podrá
salir del lío en que se ha metido.
Está deseando regresar
a su casa.

veintitrés

El lugar en que se encuentra está muy solitario. Para alegrarlo un poco, Santi dibuja unas cuantas flores:

y una mariposa:

y una libélula:

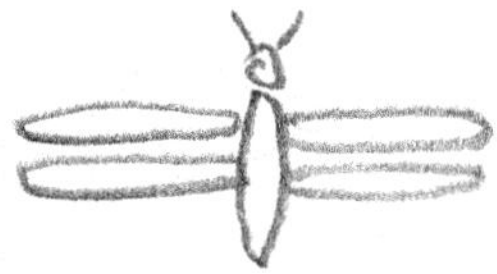

y dos grillos:

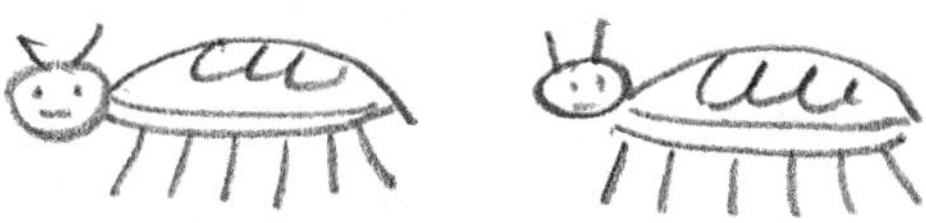

y tres saltamontes:

También dibuja la silueta de unos cuantos pájaros, volando por el cielo:

Pero está muy triste.

veinticuatro

En aquel momento, Santi oye unas voces que le llaman:

—¡Santi! ¡Santi!

Son Vava y Bibi, que pronto llegan a su lado, con sus lápices.

—¿Qué hacéis aquí? —pregunta Santi.

—Hemos salido por las puertas que dibujaste. Vinimos a dar un paseo por el bosque —dice Vava.

—¿Y qué haces tú aquí? ¿No te habías ido a tu casa? —pregunta Bibi.

—He andado sin parar, toda la noche, pero no encuentro el camino —contesta Santi, muy afligido—.

Me he perdido. No sé dónde estoy.

—¿Dónde vas a estar, hombre? —dice Bibi—. Estás dentro del cuaderno de hojas blancas, como nosotros. Anda, vamos a dibujar un poco.

veinticinco

Vava y Bibi juegan a dibujar flores, caracoles y hormigas:

También dibujan hierba para que coman los caracoles, y espiguitas para que las hormigas tengan grano:

Santi, que sigue sentado encima de la piedra, está muy incómodo.

Dibuja otra piedra más plana que la anterior

y se sienta otra vez. Ahora está más cómodo, pero sigue muy desanimado.

Sin hablar, mira jugar a
los dos monigotes.

veintiséis

Bibi deja de dibujar y se acerca a Santi.

—No estés tan triste —le dice.

—¿Cómo voy a salir de aquí? —pregunta Santi.

—No lo sé —dice Bibi—. A lo mejor te tienes que quedar a vivir con nosotros —añade, sin una pizca de pena.

—¿No conocéis a nadie que sepa cómo se sale de aquí?

—No —responde Bibi—. Antes de que tú nos imaginases y nos dibujases, nosotros no existíamos. No conocemos a nadie que no seas tú.

Santi se levanta.

—Voy a ver si encuentro a alguien que me pueda ayudar.

Santi echa a andar, buscando el camino del río. Vava y Bibi le siguen.

Santi vuelve al paisaje del río. Ahora, el sol brilla sobre las montañas.

veintisiete

Santi va a la casita entre los pinos. Llama a la puerta, pero no contesta nadie. Parece que la casita está deshabitada.

«¡Tiene que haber alguien! —piensa Santi—. ¡Tiene que haber alguien que me ayude!»

Entonces se abre la puerta y aparece una señora.

La señora lleva un sombrero de paja con un gran lazo rojo y viste una blusa y pantalones cortos, como la abuela de Santi en el verano.

La señora lleva una regadera en la mano. Hay a su lado un gato que se parece a Rabi, el gato de la abuela de Santi.

veintiocho

—¿Quién llama a estas horas de la mañana? —pregunta la señora.

—Buenos días —dice Santi, que es un niño bien educado.

—Buenos días —responde la señora, con una sonrisa—. ¿Quién eres tú?

—Me llamo Santi.

—¿Y esos dos?

—Son Vava y Bibi. Yo mismo los dibujé.

—No te quedaron mal del todo —dice la señora—. ¿Se puede saber qué quieres? Yo estaba regando mis hortensias.

—Necesito ayuda —dice Santi—. Tengo que regresar a mi casa, pero no sé cómo se sale de aquí.

—¿Y ellos tampoco lo saben? —pregunta la señora, señalando a Vava y a Bibi.

—Ellos dicen que no saben nada de nada, que sólo son monigotes que yo imaginé y dibujé.

—Pues yo tampoco te puedo ayudar, Santi —dice la señora—. A mí me pasa como a Vava y Bibi, que he aparecido porque tú me imaginaste. Pero yo no sé más cosas de las que tú sabes.

—Entonces, ¿qué puedo hacer? —pregunta Santi, muy preocupado.

—¿Cómo llegaste hasta aquí?

—Estaba escribiendo en el cuaderno de escritura la frase que me faltaba para terminar mis ejercicios. Estaba escribiendo: «Vava y Bibi viven en la casa del valle».

—¿Y qué pasó?

—Entonces pensé cómo serían Vava y Bibi, y en el cuaderno de hojas blancas dibujé su casa y escribí sus nombres. Luego los dibujé a ellos, y me encontré aquí dentro.

La señora se queda pensando un rato.

—Acaso tendrás que salir igual que entraste. Dibujando y escribiendo.

—¿Pero qué tengo que escribir? —pregunta Santi a la señora.

—Tal vez te haga falta un conjuro, como en los cuentos —responde ella.

Santi sabe que los conjuros son esas palabras raras que, en los cuentos de hadas, sirven para hacer cosas de magia.

—¡Pero yo no me sé ningún conjuro! —exclama Santi—. ¡Yo no conozco palabras raras! ¡Yo estoy aprendiendo a leer y a escribir!

veintinueve

—No se me ocurre nada mejor, Santi —dice la señora.

—Seguiré buscando ayuda —decide Santi.

—Ojalá tengas suerte. ¿No quieres entrar a ver mis hortensias?

—Ahora no, muchas gracias —responde Santi, antes de alejarse—. Adiós.

—Adiós —dice la señora, y cierra la puerta.

Con su lapicero en la mano, Santi se queda pensativo.

Piensa que, con aquel lapicero, podría dibujar en el cuaderno de hojas blancas muchas cosas más. Podría dibujar animales de la selva, y robots, y aviones, y al tiranosaurio rex, y un mar con barcos y ballenas, y carreteras con coches, y trenes, y más casas, y más monigotes.

Podría dibujar muchísimos monigotes, monigotes que deberían obedecerle a él en todo lo que se le ocurriese.

Si quisiese, podría dibujar un palacio, para vivir en él allí dentro, como rey del país de los monigotes. El país podría llamarse Villamonigote, o Monigotia, o Monigotelandia.

Podría dibujar la bandera del país, una bandera diferente de todas las demás, con un sol sobre unas montañas, y árboles, y pájaros volando.

Sin embargo, a Santi no se le ocurre
qué hacer para dejar de estar metido
en su cuaderno de hojas blancas.
Porque lo que él quiere
es volver a su
casa.

treinta

Se hace otra vez de noche.

Ahora hay en el cielo una luna redonda, que brilla como una gran linterna.

Santi comprende que, en aquel lugar, el día y la noche, la luna y el sol, se alternan sin horario fijo.

Empiezan a cantar los grillos.

A pesar de su fastidio por no poder salir del cuaderno, Santi sonríe, pues a él le parece que esos grillos que cantan son los mismos que él dibujó por la mañana.

Vava y Bibi se van a su casa, y Santi busca un sitio entre unos matorrales y dibuja una tienda de campaña, para dormir dentro.

Santi se acuesta pensando que no ha comido nada en todo el día, pero que no tiene hambre. Todo es muy raro en el cuaderno de hojas blancas.

Cuando Santi está a punto de dormirse, oye unos murmullos, como si alguien estuviese haciendo «Chis-chis-chis» muy bajito.

treinta y uno

Santi sale de la tienda de campaña.

La luna ilumina el paisaje. Todo está muy quieto y huele muy bien, a flores y a hierbas del campo. Se oye el murmullo de las aguas del río.

Santi escucha otra vez el ruidito que hace «Chis-chis-chis». El ruidito es tan suave que Santi no está asustado.

Sin duda el ruidito sale de uno de los matorrales que están junto a la tienda. Santi se acerca y descubre entre las ramas un par de brillos pequeñitos, de forma cuadrada.

—¿Hay alguien ahí? —pregunta Santi.

—Chis-chis-chis —dice el que está escondido—. Claro que hay alguien aquí.

—¿Quién eres? —pregunta Santi.

—Soy un gamusino.

—¿Un gamusino? ¿Qué es un gamusino?

—Los gamusinos ayudamos a los niños en apuros —dice la vocecita—. Chis-chis-chis.

treinta y dos

—Sal, para que vea cómo eres —le pide Santi al gamusino.

—Prefiero seguir aquí metido. Los gamusinos somos buenos, pero horrorosos. Si me vieses, te morirías de miedo.

—Entonces, no salgas —dice Santi—. ¿Pero es verdad que puedes ayudarme?

—Primero tienes que contarme qué es lo que te pasa.

—No sé cómo salir de este cuaderno —explica Santi—. Me han dicho que necesito encontrar las palabras de un conjuro. Pero yo no conozco conjuros, ni palabras raras.

—Chis-chis-chis. No hace falta que sean palabras raras —dice el gamusino—. Lo que importa es que sean las palabras necesarias.

—¿Las palabras necesarias?

—Eso he dicho. Pueden ser las palabras más sencillas del mundo. Lo importante es que sean las palabras necesarias, aunque no sean raras.

—¿Me puedes explicar eso mejor? —pregunta Santi.

Pero los ojos ya no brillan entre las ramas del matorral. Tampoco se oye el chis-chis-chis que llamó la atención de Santi.

El gamusino ha desaparecido.

treinta y tres

—Las palabras necesarias —dice Santi en voz baja.

Entonces piensa en las palabras que más necesita.

La luna ilumina la hoja del cuaderno y la hace brillar como si fuese nieve.

De pronto, a Santi se le ocurre una idea.

—¡Ya sé lo que voy a hacer! —exclama, lleno de esperanza.

Busca un sitio donde no haya nada dibujado y dibuja una gran puerta. Una puerta mucho más alta que él.

Después de dibujar la puerta, Santi empieza a escribir en ella, con mucho cuidado:

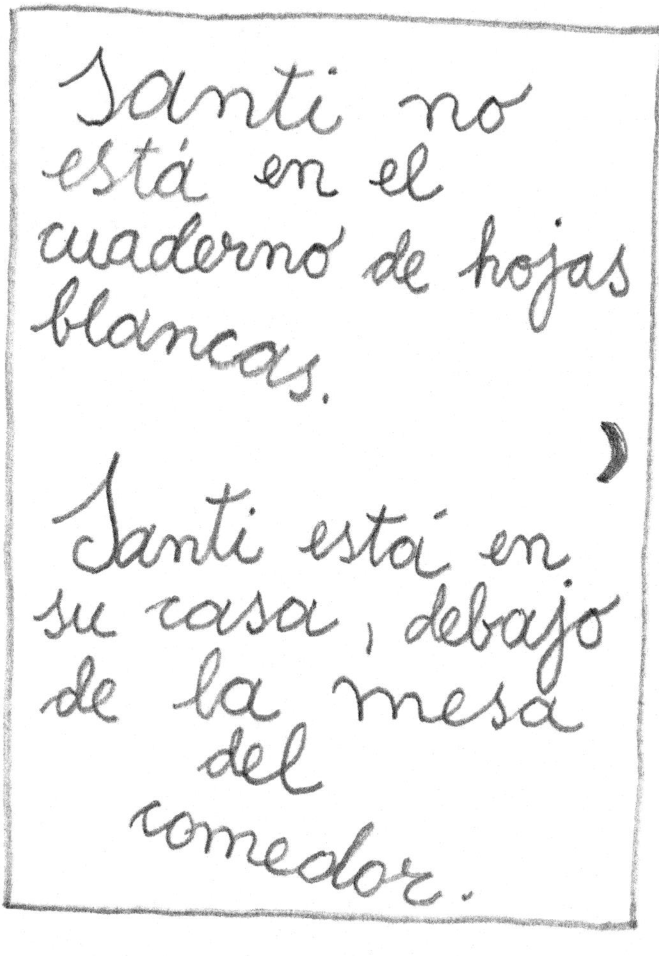

treinta y cuatro

¡Zas! ¡Al acabar de escribir las frases, Santi se encuentra de nuevo en su casa, debajo de la mesa del comedor!

La linterna da poca luz. Las pilas deben de estar ya bastante gastadas.

Santi mira su cuaderno de escritura. Descubre que sólo le queda por copiar, una vez, la última frase, esa que dice:

Vava y Bibi viven en la casa del valle.

Santi termina de escribir.

Ahora ya sabe que Vava es un niño monigote y Bibi una niña monigote. Y que los dos le esperan en su cuaderno de hojas blancas, para jugar a escribir y dibujar.

«Ahora sí que me voy a acostar», piensa Santi. Y se queda dormido nada más meterse en la cama.

TÍTULOS PUBLICADOS
Serie: a partir de 6 años

81. *¡Qué mala cara tienes!*. Javier Vázquez.
88. *Una jirafa de otoño*. Andrés Guerrero.
89. *Pisco pasea por la ciudad*. Martín Casariego.
90. *El hijo del viento*. Ricardo Alcántara.
91. *El arca de Noemí*. Javier Olivares.
92. *El cuaderno de hojas blancas*. José María Merino.
97. *No eres una lagartija*. Concha López Narváez.
99. *Pisco sueña con el Capitán Caimán*. Martín Casariego.
100. *Regreso al cuaderno de hojas blancas*. José María Merino.
106. *Días de perros*. Violeta Monreal.
107. *Pisco y la boda del Capitán Caimán*. Martín Casariego.
110. *Martín y la princesa Ylady*. Ricardo Alcántara.

TÍTULOS PUBLICADOS
Serie: a partir de 8 años

1. *A bordo de La Gaviota*. Fernando Alonso.
2. *El hijo del jardinero*. Juan Farias.
3. *Oposiciones a bruja y otros cuentos*. José Antonio del Cañizo.
5. *Cuatro o tres manzanas verdes*. Carmen Vázquez-Vigo.
11. *El faro del viento*. Fernando Alonso.
14. *Unos zuecos para mí*. Carmen Pérez-Avello.
17. *Historia de una receta*. Carles Cano.
21. *El tesoro de las mariposas*. M.ª Antonia García Quesada.
25. *En Viriviví*. Consuelo Armijo.
27. *Alejandro no se ríe*. Alfredo Gómez Cerdá.
28. *El robo del caballo de madera*. Joaquín Aguirre Bellver.
31. *Don Inventos*. M.ª Dolores Pérez-Lucas.
32. *Cuentos de cinco minutos*. Marta Osorio.
34. *El último de los dragones*. Carles Cano.
35. *Memorias de una gallina*. Concha López Narváez.
36. *El inventor de mamás*. Braulio Llamero.
41. *El Archipiélago de la Cabra*. Antonio Rubio.
42. *La ciudad que tenía de todo*. Alfredo Gómez Cerdá.
49. *La llamada de las tres reinas*. Xoán Babarro, Ana M.ª Fernández.
50. *El pequeño davirón*. Pilar Mateos.
53. *Mi amigo el unicornio*. Antonio Martínez Menchén.
55. *La gallina que pudo ser princesa*. Carles Cano.

56. *Mágica radio*. Francisco J. Satué.
57. *El planeta de Mila*. Carlos Puerto.
61. *Amelia, la trapecista*. Ricardo Alcántara.
62. *Una semana con el ogro de Cornualles*. M. A. Pacheco.
64. *Aventuras de Picofino*. Concha López Narváez.
65. *La aventura peligrosa de una vocal presuntuosa*. Angelina Gatell.
70. *No se lo cuentes a nadie*. M. Assumpció Ribas.
71. *Las desventuras de Juana Calamidad*. Paco Climent.
75. *La bici Cleta*. Daniel Múgica.
77. *En mi casa hay un duende*. Antonio Martínez Menchén.
80. *De hielo y de fuego*. M.ª Dolores Pérez-Lucas.
83. *Juana Calamidad contra el hombre-lobo*. Paco Climent.
84. *Cara de Almendra*. Juan Tébar.
85. *Los superhéroes no lloran*. Manuel L. Alonso.
95. *Estrella siente el tiempo*. M. Assumpció Ribas.
101. *El gran amor de una gallina*. Concha López Narváez.
102. *El último elefante blanco*. Marta Osorio.
103. *La niña que no quería hablar*. Antonio Martínez Menchén.
109. *Una historia sin nombre*. Antonio Martínez Menchén.

NOELIA
MATOS
JIMENEZ